图书在版编目（CIP）数据

没名堂存稿 / 汪梦川著 ; 熊烨书. -- 北京 : 学苑出版社, 2017.6
ISBN 978-7-5077-5237-3

Ⅰ. ①没… Ⅱ. ①汪… ②熊… Ⅲ. ①诗词—作品集—中国—当代 Ⅳ. ①I227

中国版本图书馆CIP数据核字（2017）第141048号

责任编辑：战葆红
出版发行：学苑出版社
社　　址：北京丰台区南方庄2号院1号楼
邮政编码：100079
网　　址：www.book001.com
电子邮箱：xueyuanpress@163.com
销售电话：010—67601101（营销部）67603091（总编室）
印 刷 厂：三河友邦彩色印装有限公司
开本尺寸：889×1194　1/16
印　　张：25.5
字　　数：51千字
版　　次：2017年7月北京第1版
印　　次：2017年7月北京第1次印刷
印　　数：200册
定　　价：580.00元

ISBN 978-7-5077-5237-3

沒名堂存稿

陳永正題

五濁更加幻抑真
欲從文字認前身
亦莊亦蝶誰驚夢
非我非魚自入神
川上有人歎逝水
網中何日透金鱗
拚將此卷無明業
留作他生未了因

汪夢川先生自題沒名堂存稿詩

丙申春陳永正書於沚齋

沒名堂存稿序

萬事各有因緣，汪君夢川當年以一奇夢而入我門下（詳見其博士論文後記），於今已有十五年之久。猶憶當時我在南開大學成立中華古典文化研究所，開始招收博士生以後不久，一日忽然接到自本地郵局寄來的一封極爲厚重的信函。啟封之後，才知是一卷詩稿。而函內並無片言隻語之說明，只在卷尾署名曰『南開大學歷史系汪夢川』。展讀之下，乃頗使我有『驚豔』之感。蓋其所作各體皆備，遣詞造句、用典使事，不僅可見作者工力之勤，亦可見其學養之厚。當時我從事古典詩詞之教學，已有六十年以上之久，然所見學子大多以科研爲主而極少從事古典詩詞創作者。回憶當年我在臺灣各大學任教時，雖然開有《詩選及習作》的課程，也曾教諸生以格律令其習作，當時固然也有一些才智之士偶然寫出一些不錯的作品，但具有汪君之深厚工力者，則殊不多見。於是我立刻就請研究所的秘書前往歷史系去尋訪此人。兩天以後，汪君到我所居住的南開大學專家樓來相見。我原以爲他在詩作中所表現的學養工力必然有所師承，而汪君乃自謂他之喜愛古典詩歌並且從事創作，蓋全出於一己之興趣與自學，並表示願意投入我之門下。我當即欣然表示接受，於是汪君乃開始來到我的研究生班上隨班聽講，更於一年之後正式考入了我的博士班。當時因爲我曾於不久前對詞學之研究提出了『弱德之美』的說法，所以在班上所講之詩人往往都是一些在世變艱難中的作者。即如西晉之阮嗣宗、東晉之陶淵明，降而至於清末民初之際的王國維與陳曾壽，甚至上推還講了太史公寫《伯夷列傳》之用筆，下推更及于『一生分作兩回人』的汪精衛晚年之詞作。我想很可能就是因爲我所提及的這些人物和作品，引起了汪君的興趣，所以他在寫論文時一度曾選擇了『末代遺民』做題目，其後因爲此一題目之界定頗有難度，於是乃決定了改寫南社之詞人。其實南社詞人之複雜也極爲難寫，不過我自己對複雜難寫之題目也頗感興趣，所以乃不僅同意了他的選題，而且還協助他尋找有關論文的資料。至於他在我班上讀博士期間，則當時班上有不少才智之士，每當討論之時莫不議論風發，獨汪君發言不多，而時時有新作之詩篇交我賞讀。當時汪君年少，除感時傷事之詩篇以外，也頗多綺懷之作。汪君喜讀佛書，又長於駢語，是以曾赴五臺山參加新建築楹聯之撰寫，其遣詞之工整、用典之切當，時人殆少其匹，故獲得不少人之讚賞。及今其所收輯之《沒名堂存稿》，則不僅所收之聯語並非全部，更且對當年綺懷之作亦多有刪除。蓋以汪君今日既配嘉耦，更喜獲麟兒，故其所作乃於一貫的感時傷事之史筆以外更另添了一份室家之樂的情趣。而其長達六十余萬字的《南社詞人研究》之巨著，亦已獲得國家社科基金之資助，於近日由上海古籍出版社刊印出版。諸喜臨門，壯途方始，則其未來之成就，必將更有可觀者也。書此致勉，企予望之。

最後我還更要對汪君表達一份謝意，蓋自去歲之秋，南開爲我既舉辦了九十壽辰之慶祝，更於同時舉辦了『迦陵學舍』落成之典禮，舉凡典禮中之一切文字，自賀柬之文啟以至於學舍之題記，並皆出於汪君之手筆。其用典之貼切、文筆之淵雅，凡讀其文者莫不稱賞，以爲此乃當今時代青年學者中之所僅見。而我於此耄耋之年，乃能得見門下之士有如此之成就，其欣喜感激，蓋更有言語所不能盡者。故於序文之後附筆及之。

丙申荷月九三老人納蘭迦陵寫於迦陵學舍

自序

夫詩之為物不療饑寒非關成敗是固無用矣而志有所之手亦隨作蓋出自然也既而音入五絃感化泱泱之教綱宣六義允稱郁郁乎文雖兩漢以前所也心同其口六朝而後宜乎文過其情蓋立言之正途每期不朽經國之大業儘可留芳所謂富貴無門恐適人而未免聲名有價疾沒世而不稱古賢猶是今世何殊

僕本庸人居常自擾材同下士志在相忘寫肝腸之所鬱僉謂漫成託文字之有靈何妨偶得三生綺語略見風懷九辯微言聊為感事故堂號沒名引前修以為戒集稱存稿俟異日之相參雖其率爾操觚固宜藏拙況復率然付梓真生災梨蓋亦結習難除別苦心而誰會積年可保雖敝帚猶自珍有意思人吾願交二三子沒名堂事孰敢望千百年卬其涉矣君且須之

丙申夏日沒名堂主人自識

没名堂存稿

郢東 汪夢川 譔

自題一首

五濁交加幻抑真欲從文字認前身亦莊亦蝶誰
驚夢那我那魚自入神川上有人歎逝水網中何
日遣金鱗拚將山卷無明業當作他生未了因

沒名堂存稿卷一

上迦陵師杖朝之壽

葉師葉先生諱嘉瑩號迦陵蒙古裔滿洲鑲黃旗人本姓葉赫納蘭生於燕京舊家誕辰恰值蓮花生日師早年畢業於輔仁大學顧隨駝庵先生許為衣缽傳人曾任教於臺灣美國加拿大等地後回大陸講学於南開大學創立中華古典文化研究所　以下甲申

家隸鑲黃旗名著納蘭籍蓮花是化身降作京華客雛鳳囀新聲輔仁初拔戟發軔便軼群駝庵常嘖嘖南下已傳衣西游再展翮歷劫見真如功成在開闢嗟兩前賢書妙論總難釋言簡同無文行遠意恐隔良工善擇器不囿繩與尺山玉貴琢磨更取他山石大道無東西奇正各

有益庖丁運牛刀指麾間中陳東坡撚髯歎夢窗手加額靜安如有靈海寧起潮汐自從一葦來可以設講席授受並忘年談藝每竟夕非好為人師但願振文脈廿年張一軍精廈積老柏仁者靡所求方寸自安適中壽望期頤神采仍奕奕平生恩且曉何幸得親炙願我小子行長沐君子以

悼陳省身先生

造物牽南開廣廈傾梁木命駕方待駿遽爾折其軸曰前冬雷震豈意富山哭　先生逝世前數日津門忽震冬雷　四海動哀聲萬人不可贖公今登天堂我直困煉獄天堂煉獄間究隔幾重屋曰能学無倦曰公人似菊　南開大学校訓允公允能日新月異

勞生能幾何至是願亦足地星既絕世天星徹夜燭公逝世之前日某小行星被命名為陳省身星

大象任遨遊仙槎長往復周行信不殆可慰悠悠目天地有心期招魂

歌代哭

三玄

以下乙酉

庸夫擾一己英雄擾萬人天下本無事以此多煙塵群龍無首吉凶在爭

主賓在田方蠢蠢在天何欣欣雞口雖牛後小君傲大臣為王且不足直

欲生為神竊鉤能棄市欺人致辱身竊國得諸侯欺世立殊勳戎馬逝

郊野耕牛弟林負師過生荊棘十年未一春老子云天下無道戎馬生於郊又云師之所處荊棘生焉大軍之後必有凶年

或為俎上肉或為灶下薪或暴陣前首或眠秋後墳嗟彼大世界舉目

無所親誰為謀衣食哀哉升斗民萬物曾熙熙天地豈不仁聖人尚不死

大盜仍紛紛

謁黃花崗

神州半沈淪夢夢幾人覺沉疴既難起施以虎狼藥浩氣為之引痛夫

奮然作南天發驚雷一聲動河嶽熱血沃羊城荒崗收毅魄士為天下

死不負平生學猶惜英雄冢百年亦蕭索游魂儘縱橫黃花何寂寞

江山自有靈是處能寄託君看珠江頭木棉紅灼灼

讀佛經偶作

餓鷹逐鴿飛救鴿鷹餓斃無量慈悲心彼此俱難棄眾生無等差小大所不計割肉既未足捨身成此志嗟乎誰與倫善哉施無畏想見得真如紛紛天花墜乃知如來法非以怪力貴億兆化身中在在有真諦因思塵網中多少糊塗事鷹數恆河沙鴿數南海淚弱者偷其命強者逞其銳生也每煎熬死也常憂慮解脫豈由人輪回固不替本心即菩提奈何長自閉劫火焚其餘一識存萬世但須蓮種在開妹中人醉

有感於汪精衛薪釜之喻作詩述志

精衛行刺攝政王前嘗致書胡漢民有「我今為薪兄當為釜」之語以視譚瀏陽「去留肝膽兩崑崙」句意差可近之

古來有心人固興無情別利害非不明恥使行為掣高樹招狂風直木先摧折生機方已矣死灰還自熱烈士宜如薪一痛成永訣犧以有為者艱辛尤過鐵斧鑿出深山鍛煉何猛烈砧錘歷作釜湯火嚙砍裂上有精衛魂下有萇弘血賴此多犧牲存亡業繼絕獨善誰云高固窮非奇節億兆苟泥塗豈忍一身潔乃知安樂窠端為庸人設笑爾雕蟲生燕雀而鳥舌風雷且未動急急歸巢穴書檄亦慷慨臨難徒嗚咽我生雖

匹夫憂國心猶切無才常自愧清談終不屑男兒重性情耿耿漸鬱
結太平無甚事只向空中說

綺懷

夢遇知音者恍惚在咫尺一笑若傾心倏忽逝無跡焚香雖欲續佳境莫
可覓眼内杳斯人惆悵復向壁幽懷那得眠輾轉念往昔推枕起徬徨太
息意未適開户出前庭路轉入阡陌中宵聽蟲聲回顧頗清寂青風姝姝
來池月如沉璧大士即現身蓮花映夜白值此好天然何由失魂魄嘉辰
不展顏既去良可惜乃知菩提心總為多情隔振衣方自哂雞鳴已終夕

新樂府一首并序

人間山河世態悠悠天知否虎豹據其上豺狼居中宇
狐鼠亦跳梁魑魅山群魈吮血復磨牙萬姓如芻狗
小民何哀哀所望僅升斗視其水火中孰忍掩面走我有菩薩腸恨乏金剛手我無倚天劍
惟以筆代口文字或無功良知不敢負人心豈盡死存之以觀後世意何區區識者為
吾友乙酉癸未
閒鄠東某某某

賣瓜農

苦城管也

農家住城郊谷賤將農殺思舉數畝田種瓜以為活蒼天不絕人今歲頗
多結晨起驅牛車上市趁時節彼亦父母生豈不畏天熱只憂瓜價賤惟
願日更烈彼亦父母養瓜前豈不渴道上人苦稀叫賣聲已竭忽有猛士來
錢包磅手奪彼秤堅且粗砉然應手折百戰好身手踏瓜猶踏雪事了拂

衣去是何雄且傑觀者無奈何巧言輕以戲瓜皮不識相大人頭莫跌瓜籽
如彼牙瓜汁如彼血狼藉復淋漓吞聲致嗚咽多謝好心人論堆買瓜屑
何如賣炭翁心酸不忍说

夢道人囈语 三則

無上智慧果菩提樹下結從來生死關至山為轉捩鹿苑初轉輪聽者
俱歡悦住世度眾生八部無分別後來誦經人往往迷本末正法漸無聞但
爭衣與鉢佛性原自具夢境皆可達是為彼岸舟孰能輕剃棄修為如達
摩面壁猶不輟其意竟何如因夢求解脱入夢猶入定要以靜為诀本相欲
自持诸色須隔絶深探意識源直至無我穴須去心之魔不然適自滅六
如夢最先圓滿在堅決或闗速成方佛云不可说
我聞羅睺羅密行稱第一世尊為乃父真傳當不失其後山派中高僧代代出
流播數千年至今存藏密雪域人性淳信仰至誠實山水頗無垢天然中戒
律欲寡易為功廓開見大日但得指引人在生成活佛其事人盡知其秘人
莫悉三密因有因非為诡其術授受俱單傳師徒閉一室道淺積謹持慧根恐
未固一旦心生魔真氣欲四溢師者不動身字中莫使逸功成返本尊精神
御物質三藐三菩提般若波羅蜜

嗟彼善信行終身只素食到頭墮輪回仍迷相與色誰知菩提根乃在無
意識榮格啟其端今為道人保夢是天生橋直通向異域苟能隨所欲飛
升先變翼所以有高人妄說知時刻所以黑甜鄉有時如古國一花一世界何
止千萬億物質豈能窮光速難終極駕夢方自由往來莫能測星際可
交通隨念在瞬息廣收宇宙能成我龍象力只此能量團交流而未蝕大
象任遨遊靈臺光不熄是為涅槃境閑者休語塞

初冬重遊薊縣盤山二十韻 以下丙戌

京東有好山譽聲追五嶽昔年故往訪歷歷全如昨道旁識老樹枝頭數
野産聞名柿子黃其大皆盈握口腹猶未足果果滿囊橐只今一身輕來賤
前時約山藤攙我手嶢巖苦我腳路盡轉歡然迎人見丘壑孤峰突作主四
圍天漠漠登高思遊仙雲中覓黃鶴徑曲隔煙塵澗深看帷幄松下壘白石
拾柴煮奇藥回看林莽間影動成斑駁涼風颯颯起殘葉紛紛落日暮歸
途遠漸覺衣裳薄遊女不肯留秋士悲懷作物性隨時遷此身竟安托出山河
茫茫古寺隱城郭（薊縣城中有獨樂寺）獨善固小乘我願求大覺收拾去住心莫然與眾樂

盤山紀遊又二十韻

入山如入道境界自開闢天工頗厭人幽處多奇跡大道舍弗由獨愛荒徑窄

逶迤穿林中枯葉聲唇唇語笑亦嘻嘻嘩驚兩冬眠客深屋不敢探疑是龍蛇窟行行力欲疲道左恰有石突兀成高臺說法宜為席俯視村郭廬仰看雲天碧風伯來相迎翩然若生翮坐久何所見古藤老巖隙取之隨我身杖拾皆稱適小棗爛漫紅汁甘稍可惜故故垂枝頭賸飽手畏螫凍柿三兩顆高懸誘人摘四體慚未勤攀緣幾喪魄上山如負重下山如受策乃知筋骨勞不可須臾釋仁者日以希遂絕謝公屐便有望峰心空言固何益

雜感

拳拳方寸間蠢蠢竟何事念念在茲者悠悠名與利我豈不好名不好以其

傷我豈不言利不言以其妨吾心欲長安豈爭一時氣吾道固有用牛刀未輕試但有送肺肝何者不可棄富貴敢逼人大笑而掉臂

送鍾錦師兄之滬

我師固通人文緣廣相結有士業丹青有弟皈禪悅師兄西儒我左道我本出史兄出哲哲学自玄玄羨君無敵舌孰不知師兄病酒我困色我恨情多兄患溺師兄無酒亦狂狷師弟多情頗難說偽学既滔滔禮豈為我設薄情人不肯狂言人欲殺吾性不可移君舌不可拔有此曠與癡太上豈能達嫌兄忽兩更自慚草草長歌與兄別津沽水淺安能居滬江或是龍蛇穴狗馬雞車大

不易生涯如山欺腸熱呼嗟乎江東薊北兩無聊對酒對花同咄咄

精衛曲

丙戌冬日遊金陵翌年補作
以下丁亥

秣陵王氣銷何速昔年虎踞今雌伏秦淮水膩鐘山嬌六朝風月看難足尋蹤專為先生來我淚未下天先哭
是日陰雨翌晨獨遊孝陵謁梅花山
白門猶唱莫愁歌青史誰翻精衛曲先生浙裔產粵東生小居公尚古風龍場道學勤傳習詩愛淵明慕放翁
精衛幼時其父授以傳習錄及陶陸二家詩
寒門自古多男子苦厄成全天下士南人俊秀北人豪麟兒何幸兼雙美十八功名唾手收翩翩二陸占鰲頭
精衛與二兄同應番禺縣試獲雋其後精衛又獲廣州府試第一
卻嫌入洛非吾意張帆遠向扶桑遊茫茫大海千秋浪

精魂夜夜呼精衛怒彼微軀銜石心遂決平生仰山志飛則沖天鳴可驚八方豪傑與同盟
精衛參與創立同盟會任評議部部長
國士無雙年廿二倚馬雄文抵萬兵同鄉同是天涯客平視任公稱勁敵
民報時代與梁任公往還辯難
海外民聲積發伸群論一時皆辟易叵耐南風漸不支人間浩氣轉低迷
時革命黨人起事屢敗
丈夫奮起亡秦志自鑄屠龍博浪椎孫胡聞訊函相質革命雖艱其有術柱石如君豈可棄吾黨尤需君健筆吾志已決君休論願酬吾黨捐吾身吾性宜急不宜緩君甚為釜吾為薪
汪欲刺攝政王中山漢民皆致函勸阻汪不從其答漢民書有「我今為薪兄當為釜」之語
大好頭顱拚一擲書生遂效蒼鷹擊千里奔馳俠客行奇功未就名何益燕市長歌作楚囚硠硠

勞生得小休（雙照樓詩詞稿有小休集一卷）鋃鐺意氣從容甚詩卷初成那有愁天牢寂
寂河清冷獨對椒山榆樹影（精衛行刺失敗被逮下刑部獄牢舍外對昔年楊繼盛手植榆樹）每憂萁豆苦相
煎再讀黄書（王夫之著）常耿耿忽然芳訊入高牆死志生情倍愴傷綿綿一曲
鳳求凰終令鐵膽感柔腸潘郎憔悴勞青鬢高牆未隔心相印皇天肯
恤有情人患難餘生結秦晋（精衛既下獄陳璧君奔走營救迨精衛出獄二人遂結褵）生還何事費沉
吟緩死誰知天意深留君將以有為也幸負成仁烈士心經年奔走無遺
力共和初立猶民國艱難重見漢官儀可憐依舊分南北長安塵霧又迷
離龍虎紛爭犬馬馳開府論功金刻印療饑拯溺復誰思和平一念情何

切萬衆猶狂腸内熱國家破壞已如斯放眼幾人能建設建設將興學未遂
長技在人羨可師欣欣往黨彈冠日仙侶乘槎搗泰西（精衛謝絶廣東都督之任偕璧君留學歐洲）
泰西列國觀遊歷鵬舉方知天地窄中原擾攘總關情轅轉歸來獻長
策句連狐鼠盡縱横長城且壞誰支撐十年心力真流水休向空中説黨
爭一朝烽火傳遼瀋少帥無愁臥高枕關外淪亡關内保中堂苦恨同誰
飲（九一八事變後精衛嚴令張學良抵抗不果乃引咎辭職亦力迫張下野然不久張即復職）王師從此慣長征覓旌節節西
南行良家子弟填溝壑清流呼戰買高名大人自有逃生島小民塞道
淚盈把亂中生計那堪書遺黎觳觫倭刀下百戰無功事已難神州山白

劇顛連群公束手思劉裕江左驚弓望謝安洶洶虜勢如潮水砥柱中
流能有幾各有存心各擁兵愛國諸侯徒爾爾局面喧極不忍看一紙書
留一念堅我和君戰非耶是君何其易我何難（精衛離渝時留書與蔣有「兄為其易而弟為其難」之語）
豔電風波難自洗惟願流歐明張已耶堪魚夜起槍聲良友看看先
我死（曾仲鳴於河内被殺）書生血氣都難伸掉首移身走避瀛山際情知行不得山昧
回顧已無門逆流發為蒼生起哀容真面千夫指卅載煎熬苦已多造
物何心竟如此此和彼戰兩難辭萬喙洶洶俗豈知飼虎心腸爭取信移
山容顏總成癡天傾發願捨身補在昔為薪今作釜為釜為薪兩未成

沒名堂存稿

地獄在前君自赴登臺清淚一絲絲（中日基本協定簽訂之日汪氏黯然落淚）冥冥誰惜此心期
可憐剩水殘山裏重睹青天白日旗青天悠悠渾如墨白日沉沉正西匿
挽日回天敢息肩臨敵安民惟以德折衝樽俎費周旋與虎謀皮誠可歎
失地有功和有罪何人讀史不心寒留得餘生猶有責悠悠經營存半
壁委曲深宵那得平登樓肯向風前白樓頭扶病告憑闌雙照綢繆洞
肺肝頹年醫國肱三折中夜療心月一丸鐵肩勞瘁支離久刺骨傷痕點
一割（精衛曩曾遇刺身中三彈其一深入骨中數年後發作感染遂赴日治療）舊地今來且臥看強梁末路堪消受
巴蛇能食象難吞玩火十年終自焚（日辛未侵華而辛巳襲美）大洋龍戰雷霆迫回野

玄黃日色昏入冬蟬雨橫天幕時戰火已及日本本土窗外寒梅花來看陳璧君贈名古屋帝國大學醫院梅
花數株長夜沉沉待啟明時距二戰結束已未遠一夕東方大星落先王仁義信遽廬
莊子云仁義先王之蘧廬也止可以一宿而不可久處過來種種知如思量昨日顏無盡檢點今生
夢已虛生亦何歡今已矣身後茫茫江憑謗毀猿鶴家山恨久違風
濤阻隔萬餘里故國魂歸不悍還披猖三相齊折腰精衛病逝次日近衛
東條小磯皆至病房告別又靈柩返國近衛小磯等復至機場送行弱德終能服強力悲懷到底化屠刀是非那敵
悠悠口不望永生寧速朽一任殘軀付劫灰馨香還駐梅花早墓在中山
陵附近梅花山後被炸毀原址即今觀梅軒孝陵封土尖崔嵬中山闕下事塵羅山地清幽

最宜閉年年有客遠方來臨風還歎驚天獄冤禽公案誠難暴陳寅恪年
昌詩句云千秋讀史心難問一局收枰勝屬誰世變無窮東海涸冤禽公案總傳疑驚想當年袁督師群氓爭啖英雄肉
浮名能固水西流絕大犧牲豈有酬亂世不知誰是賊黃摩西詩句天心如
在我何求南北朝廷數更改夕陽依舊青山在揭來何日見斯人欲開
天目望東海

災雪吟

三楚之地年前暴雪成災奇寒為近五十年所未有困居無聊詠以記之以下戊子

我聞燕山雪其大曾如席十載羈津門未睹山神跡北國多暖冬溫室信親
歷徒憶兒時樂頻歎今非昔誰知玉龍群掉頭忽南適茲遊興正酣兼

旬戰猶激陰雲未曾開大幕沉沉冪遮令三楚間千里裹素帛清野
何蕭蕭不辨阡與陌夷險安可知淺深憑摸索池冰厚可行篙溜長途
尺水寒凝不流炊爨時蹙顏閉户進羊酒冷氣猶奪魄圍爐嗟殘灰擁
被捱長夕困念道中人愁懷更難釋鐵蟒困窮途銀鷹斂長翮進退不
得所四顧茫茫白遲遲行路難棲棲陳蔡厄左右皆怨嗟鄉心遠睽隔孤
城多相望路阻不可登生資絶流通萬衆爭囤積行市失平準物稀金如石
祥瑞乃如山群情轉戚戚闢天山何為僉謂人之責爾性妄且貪惟知眼前益
透支每無厭後禍非所惜戾氣亂天和既壞不可逆一旦變起時應對乏良

策人生天地間小大豈可易浪言人勝天天威人莫敵我顧地球村人人常怵惕
須留子孫田慎勿恣開闢苟能順自然樂土猶可覓不然思去汝永為外星客

豬堅強歌

報載成都有豬地震後困廢墟下月餘不死建川博物館遂高價購得以「豬堅強」名之承諾養至自然死去據稱該畜現有營養師設計食譜有醫師定期體檢更有高額保險云云詩以記之聊補五行志之闕

丁巳西川陷百里成丘墟造物恣生殺人皆釜底魚乃有黑面郎一身久負
隅四旬不得出頗減膏與腴支離殘壁下安然稱劫餘此果何祥瑞報
章爭大書賜名曰堅強賜食有米蔬備舍博物館備員為洗梳醫療兼
保險孤寡羨不如逍遙養天年傲視東鄰屠頌禱高身價儼然汗血駒

關心雖一事髀肉增生無我聞先禍奇再數繼以吁天地仁不足聖朝恩
頗殊觀焚安開馬地動乃尊豬煌煌文物可翻作畜牲居山境聖人難
夢見笑兩丘丘一腐儒

後主誕辰作歌 以下己丑

末造悲風捲大唐諸侯裂土競跳梁四野干戈蠻興鬪紛紛短劇各開場
江東地小難為蜀偏安亦作南面王烈祖猶豪中主弱度德無如三代亡重
瞳那復英雄氣帝子卑能錦繡章深宮生長婦人手內院雖閑脂粉香霧
人無愁頗有疾女英來日負娥皇 謂大小周后事 玉階偷練三更鼓御筆親描八
寶妝金縷鞋當筆上舞合歡帳裏寵專房龍樓鳳閣朝連暮秋月春花
樂未央誰家兄弟乘時起大者如虎小如狼鷹爪磨牙方躍躍用武還從臥
榻旁南朝天子風流種安眠正在溫柔鄉邊訊聲聲徒逆耳戎祀搖頭已久
荒看看鐵鎖沉江底長城自壞失金湯 李煜殺大將林仁肇 不識弓刀知免戰石頭城
上賀稱降瓊枝玉樹交飛盡後庭花落不當芳金陵臺圮梧桐死山日群
鴉逐鳳凰忍聽教坊歌送別素衣辭廟太倉惶傾城北狩空悲切膝行銜
璧更堪傷違命封侯還列座雕龍文字費評量翰林學士偏恩蜀瘦損腰
肢惜沈郎羈裏柔歡情悱惻尊前感舊話淒涼夢中家國新愁重酒後君

逞放態狂天上人間漫回顧誰令歌吹度高樯最憐牛女相逢夜幸機槳發真斷腸帝座文星同黯淡花間寂寞徐重光千秋何限惺惺淚恨水東流斬更長詞客有靈猶在否多情兒女一傍徨幾處留心記今夕長歌莫罷意茫茫

初冬什剎海夜遊作

春明三海自相屬大似長安曲江曲十方古剎沒紅塵荷花晚市登名錄

前海後海西海合稱什剎海以原有十座佛寺而得名今則稱荷花市場

依依月上隱湖光門庭滿目陳琳琅茶溫酒熟香難敵食指欲動鳴中腸呼朋落座杯在手佐餐休笑談天口屠龍今世早不成浪說功名若屠狗摩腹行來意寂寥高天月淡正中宵穿街繞水銀錠前路行人指點銀錠橋橋頭煙柳東西市南北斜斜一池水俯仰人間浩浩愁前朝勝地今如此憑欄獨立人莫知此地曾埋博浪椎車馬往來休備問當年壯士云是誰

庚戌汪精衛業於銀錠橋謀刺攝政王

風生後海涼侵骨遠迴誤踏銷金窟

左近為酒吧街

酒綠燈紅夜未央喧天鼓吹爭相發當門立者誰家僮迎人不辨唯與雄海妖歌更天魔舞鐳光百出驚魚龍連甍直欲遮天半據海觀山空夢見

「銀錠觀山」為昔日燕京勝景謂自銀錠橋可遠望西山

淒涼弦月難爭輝人形鬼影遙真幻掉頭掩耳還疾行十步天淵別有情板胡弦冷聲嗚咽帝都深處

哭乎平

是ゝ夜於酒吧街外路過瞽叟攜幼女賣唱

三尺女童依瞽叟英俊誰憐牛馬走敢是ゝ而
今柳敬亭大海潮音獅子吼鄰街休訝多高門華屋曾居郭大人匆匆一
瞥亦已足關心終羨桃源民

惆惆詠 以下庚寅

為生何不樂勞勞亦可憐誰云小有才自閒頗茫然學書難五體學詩阻
三關論史不入時掩卷留長歎人心日淪喪自保猶膽寒厚黑通古今變
化窮萬端持此照世俗悲憫見群妖遂教學海底了君燃犀看我欲求
解脫一念猶未堅嗔癡俱不免去住自糾纏偈斷自了漢還菓地仙天

人頗受戰方寸劇憂煩下士願聞道私淑五千言新來親藏密修夢東
南禪因緣窺本來生死解連環纔知我非我已覺山外山何當合佛老
性命兩成全逍遙遊大象破碎虛空間

冬至夜夢汪先生有作 以下辛卯

仲冬天氣肅擁被待陽生豈真精誠至夢寐通神靈居然見君子玉樹河
亭亭斯人有大度一接心為傾存問無棄身言笑俱和平想見國難時心力
費經營人皆擬清流高談結同盟坐令捨身法說與頑石聽折衝樽俎間
卓立未逢迎收拾舊山河半壁得干城艱難光復後奇節幾人明如何千古

士從茲負惡聲我生值閉塞耳食兼目盲一旦混沌開鬱作不平鳴空悲
填海志徒懷仰山情無端敢奔走萬感亟縱橫仁者不憂己而憂在黎
祇寸心良未忍所求在安寧勇者不畏難絕徑常直行先薪而後釜殉道
用至誠嗚呼豈不智眾醉乃獨醒善哉大慈悲明光洞幽冥我雖匹夫微
大義辨一爭何當絲繡像永永布香馨

普陀朝山紀行 以下癸巳

南海有群山點點齊煙裏中繫不沉舟大乘真可擬道場何莊嚴巍巍崇
大士圓通稱第一慈悲更無比千葉菩薩名塵心思懺洗偈結殊勝緣南
下三千里夜渡慈悲航自滬上渡海朝自驚大美才登方便門接引到天咫源通師兄
親至碼頭相迎龍象綠追陪身卑勞駕馭佛學院諸法師導遊全山幽洛共探景曲徑同追邃
香花隨風開梵唄應時起石作不動身雲幻無常理洞外潮如雷林內
竹仍紫觀海服宏深陟山數仰止清齋滌俗腸五觀蘊玄旨飯即般若
珠茶是菩提水灌頂坐閒禪夜宿佛學院之灌頂院形瘦神未靡信有加持恩所至
生歡喜佛國自長春樂游莫逾此我亦不肯去身離心在彼普陀山紫竹林左近有「不肯去觀音
院」為全山最早之叢林

源通師兄贊

師兄皈普陀二智日以圓中儒并西哲與佛共精研（師兄爲哲学文学雙博士）氣質隨變化彈指伏心猿在昔端木賜於今釋道安（嘗曾比師兄爲孔門子貢）久親禪和子道貌亦儼然正裝偶結束入時煥新顔妙舌更廣長時時燦青蓮奇書遍搜羅拾以藏名山（嘗贈師兄詞有「三寸舌五車書」之句）結集觀音藏重任仔一肩（師兄編纂觀音文獻集成之宏大計劃已啓動）優曇花綻放功德被人天接引十方客周濟同門寒熱腸追古道勞勞色未難雕蟲壯不爲早破綺語關口業猶多造擒文笑我駿善因已種就正法待承傳推願好將護未日稱大賢

四十自述

以下乙未

某某卅年前輪回到中國是何宿業深墮此娑婆域不辰丁内亂匈匈紅興黑寒門尤艱難九口乏衣食生男欲不舉母心何惨惻所賴大母慈愛留此弱息五行火屬多一汪水難克陰陽互熬煎内熱不可抑守護獅子雄大白英武通秋臨兔得開道心從此植（余生肖兔而星座獅）少時稱了了每作同齡則求学仗聰明課餘習稼穡因好多愛憐父兄常卵翼顧我每向隅心事重掩匿命宮獅兔搏窮途布荊棘自從思出離南人遂向北津沽二十載有目迷五色中宵夢屢驚起坐長默默憂世徒悶天憂生恨無極道高苦難攀輒負心中賊煢煢久蟄居幸侍迦陵側我師法天人門下盡堪式

師兄三寸舌蓮花燦爛纖学探諸子秘書城萬金值学弟楚而熊熊為楚國

王姓師弟熊氏而湘籍

飛猱未可弋況我以東坡自矢追魯直"是日師弟贈聯有"東坡長山谷九齡"之句多謝惠

嘉言我醜固難飾性本好旁騖蹉跎荒学殖往事流水如風懷竭精力綺

語戒未能弄文宜自勉去歲朝峨眉靈臺忽有得頓悟豈敢云狂焰若

捐熄更添內助賢一身全四德真信舊約經伊原為我肋人生短亦長休咎

莫妄測今茲望來日同心盟不惑

民國詩詞作法叢書編竣題辭 以下丙申

佛云有末法沉沉將百紀狂迷到盡期貪慢於胡底黑鐵易黃金乾坤遺

屯吾人壽儒能長河清完難俟俗謂大中華文明古無比浴火尚能生磨

劫終不死泱泱詩之郭爛爛心哉美千秋成崔嵬一旦付傾圮斯文喪焉

牛大道遺溺矢搔首徒問天書空還拊髀豈曰無詩人聞說多才子炫古

鳴井蛙弄文舞山雉一日得百篇千金買萬紙結集請牛腰齊賢續狗尾避

席三家村折腰五斗米聲氣仰上方清辭哇下里識蕩半瓶醋言戴一車鬼

革命尊續溪造韻棄平水論境攀屈陶破律誣杜李雕龍枉作蟲畫虎

反為犬自許新詩家人猶老幹體雖多亦奚為所諸聊復爾催眠悲煩作

入耳指難洗覆瓿聚醯雞妻笑招蠹蟻我願後來人知羞更知止詩為至

美文莫作等閑技根器得天生叢陶有緣起養氣化性情積學藉經史

之心立純良誅教明正始修辭必用誠騁思何妨綺六義先其端八病未

爲恥三關欲旁通九轉終自喜入室良足多碎軀先力合君懷玉待磨

他山石可砥區區妄進言乞恕我無禮干豈好辯哉予固不得已

沒名堂存稿卷二

感懷 辛巳

華年何事困如牢決北沖南那可逃筆下英雄空自造夢中兒女漫相勞
鳳歌魯聖憐心力龜謝荆王惜羽毛顧向人間回首望大千世界任而曹

中秋書懷 壬午

客裏中秋年復年離人心緒總拳拳恩深未報難言退志遠將酬敢息肩
滿座殷勤分大白一懷慷慨對高天陰晴自是尋常事何必今宵月更圓

遣懷 以下癸未

匹夫憂道竟何求內熱如焚鯁在喉我固多情空自擾人偏好事每相咻
後生久困心猶烈長鋏難歸氣尚遒豈懼江湖多鬼域漫漫前路正堪遊

詠清遺民 三首

大廈方傾孰與支紛紛羣蓋競奔馳心頭萬緒成緘口筆底千秋續謗詞
太上忘情期此日小齋有酒憶當時人前何限龍鍾態爲問炎涼總不知
日沉天際幾歸鴉白髮東陵學種瓜舊壘久遺能荷祿郵原向晚忍驅車
老臣多病難持重少主無愁只坐衙高論清談竟何用中宵心事對燈花

連綿恨史看從頭一姓誰能萬世謀胡騎窺江終有漢洋船橫海豈從周
方悲乃輩成猿鶴又痛斯文走馬牛雞鳴猶未已伴他風雨哭神州

詠孜良　四首

神州人物漫追思百日風雲劇可悲節度盡爲蛇鼠輩書生空作帝王師
真龍海上因魚服國士刀頭剩豹皮去住苦心誰識得無多豪傑半遲疑
夢夢天道已乖張濟世何從問藥方漫看千秋成走馬且依三世說公羊
幾人躍躍擁盟主一士栖栖業素王凋撤難容南海水江湖曷不遂相忘
舉國洶洶若中風斯人獨立自稱雄新民盡把遺民逐今我還將昔我攻
集矢叢身心已遂飲冰療熱願無窮書生吾亦爲傾倒一代銷沉果念公
斯民又病盡如狂左右西東孰主張大澤風生誰赤帝中原劫起幾紅羊
三千弟子雖名數百萬頭顱笑孜良多少英雄多少血回天夢後只悲涼

詠南社　四首

百劫神州悲老大望中生氣已零星亂風頻送狼煙遠野漸聞龍血腥
魚爛幾人稱國士陸沉何處有春庭天罡地煞渾無數一出東南動北庭
高樓醉飽自狂呼眼底千人付闕如意氣便中黃石略縱橫欲請孟嘗車
移山力盡身填海說劍心灰手著書漢祚重光才幾日不堪寥落子雲居

文章自古不封侯，漫說南山牧馬牛。虎豹當關羞北面，英雄入彀恨東流。
銷沉萬口橫磨劍，辜負千金大好頭。經國奇功終一夢，初心誰在悔依劉。
錢後風流應不輸，半稱名士半江湖。武功文學皆家事，宋調唐音俱野狐。（南社以唐宋詩之爭而致內訌解體）
黨社自來中鐵血，詞章空使費工夫。書生大業誰成就，老邵高陽舊酒徒。

悼陳省身先生 甲申

月色昏黃大幕垂，巨星搖落哲人萎。風傳北國三更冷，燭映南關萬點悲。（是日深夜南開師生自發於新開湖畔秉燭悼念）
名在中天真不朽，（有小行星被命名為陳省身星）功標學史信難追。寧園舊壁須珍護，（寧園為先生在南開之住所，今闢為紀念館）好作他年墮淚碑。

沒名堂存稿

四月二十日午後作 以下乙酉

春來渾未覺，過午作冬眠。寒氣猶侵被，黃塵欲蔽天。江南花已謝，薊北柳初綿。客思年年重，歸心日日堅。遙知衡宇下，親老倍從前。

讀《雙照樓詩詞稿》 四首

忍死書生志待酬，欲當滄海〻橫流。獨行那計千夫指，自汙拚蒙萬世羞。
請入泥犁曾未悔，翻成公敵亦何尤。鐵肩疲憊應歸息，泉下精魂願小休。（內有集名小休，取詩經「民亦勞止，汔可小休」之義）

神州鼎沸忍無聞恥作高談袖手人棄位捐名原磊落求仁得怨總酸辛

死生自望分薪釜成敗誰令比岳秦肝膽昆侖雙國士瀏陽地下許為鄰

恩深聊復信來生想見當年比目情

（精衛二十五年結婚紀念日賦示冰如句云志決但期能共死情深聊復信來生）

月下傷心緣世亂花前濺淚為天傾拋將兒女眤眤態譜入風雷滾滾聲向晚危樓勞久立中原何日得澄清

茫茫青史幾英雄半是欺天半是空入土難辭人論罪登基盡可自居功後生休望真情白末日唯期上帝公掩卷無言心欲死樓頭且看夕陽紅

謁鍾山觀梅軒

（觀梅軒在金陵梅花山舊為汪先生埋骨處　以下丙戌）

精魂輸盡可餘哀如願殘軀付劫灰

（先生早年有詩云留得心魂在殘軀付劫灰至一九四五年其墓被炸屍骨遭棄真可謂詩讖也）

從此鍾山成沃土梅花萬樹向人開

讀陳寅恪先生早歲詩敬步原韻

名都舊跡勝觀梅孤閣寒山有客來山意黑黑君莫問冬青樹下久低徊

烈士情多自有詩珠沉玉碎至今遺移山力盡都無悔填海功虧或可悲百代高墳才幾處千秋定業又能誰人心未死君休歎天道終存我不疑

重觀西遊記女兒國一集

春光人意兩婆娑珍重行前一曲歌為問空王堪歎否忍將天女作心魔

菩提原為拯沉淪我佛當年亦捨身問汝禪心曾動否緣何不度眼前人

纏綣當時欲破關征途漫漫好逃禪西行曾夢香閨否休負深宮日月平

有感

十年心力苦支持文旨禪宗了不知少興寧堪從論道解離始可與言詩

忘情或在多情後出世須經入世時破得山關還一笑看山看水兩由之

讀龍榆生弔呂碧城詞作

碧城十二曲闌干（借義山句）此日樓空詎忍寒（龍榆生字忍寒）墮鬼登仙隨分去成魔入道

笑閒看經生應羨鄰詞友援死難堪對達官何似皮囊化齏粉更將齏粉

付魚餐（呂碧城遺言將骨灰和麵撒入江海）

憂來 二首（以下戊子）

書齋坐困日雕蟲驀地驚心孰與同夢亦有魔醒更甚生原多恨死非終

逃禪方笑情何切慕道從知技已窮最苦中人追上士憂來寧不仰虛空

年來憂懼苦相侵魔道爭持日以深久失玄珠思罔象難平恨海感冤禽

龍蛇起陸誰分野冰炭橫胸孰剖心中夜觀望天黯淡仙槎何處客星沉

末法 二首

末法披猖感不禁紛紛羅什學吞針杜門未共千人往面壁難防萬念侵

棄道修魔歸外教執迷謀粟負初心卻憐明月前身事只向無常夢裏尋

末法無緣問世尊狐禪悟道豈空言磨磚千劫成心鏡彈指三生入夢魂

業重苦難明夙慧情多每欲溯前根此身歸處如來處不在仙門在佛門

末法 又二首

末法遭逢事可哀人天交惡喚難回分明一點塵心在忍見河山劫後灰

末法難修世不支人天悲恨總無期卻憐沖決網羅後大好乾坤未轉移

感事 二首

半世如狂半若癡生逢末法汝何為雪飛嶺外梅花耀地裂川中杜宇悲

巷議早隨秦法噤天心唯有杞人知津門六月寒猶甚內熱饕冰恐未宜

高峽平湖現眼前陸沉無地覓桑田馬牛不辨誇秋水澇旱相煎憶稔年

幾處傷心還白骨何人罪己告蒼天猿啼聲住哀聲續神女今來倍惘然

所思

經年寥落甚五內似彈棋盤氣非關酒窮居不怨誅情深妨學道魔重

轉生癡欲作冥鴻逝人天有所思

中秋 己丑

如約良辰到眼前秋來雁去一年年江湖浩蕩人千里世界光明月九天

大道無親終有意，浮生有夢莫無眠。相思何益真宜放，且作逍遥地上仙。

春夜　以下庚寅

熱眼連番瞻四方，不仁天地太披猖。山中父老悲無極，海上神仙樂未央。
將以有為聊忍死，曷維其已欲偕亡。何年大澤風雲起，臥壁哭鉤泣夜光。

無題　二首

星河慘淡今何夕，眼底紛拏夜不眠。水旱天南哀父老，魚龍海上羨神仙。
銷金休吝未無日，沉陸能逃去有船。舉世如狂復如醉，幾人回首廿年前。
沉沉猶是奈何天，太息乾坤未轉旋。猛虎擇人休問道，毒龍盤窟只防川。
殺機已發誰堪避，末日非遥俱可憐。閉户心香焚一炷，婆娑大地且安禪。

五日有懷吾師　二首

佳節詩人入夢來，天涯無計得追陪。津門物候今偏晚，歸日蓮花應盛開。
遺編文字貴追尋，誰識當年烈士心。欲向南山移鐵案，看憑健筆寫冤禽。
魯戈回日情何切，楚些招魂力敢任。東望茫茫橫大海，孤燈想見照宵深。

有和為汪先生作

文字多情別樣深，不堪高唱只低吟。勞生豈愛名無價，晚節誰知淚滿襟。
一世毀譽憐國士，千秋心力感精禽。滄桑何日看翻覆，莫使冤從海底沉。

崖山吊古戰場

龍戰當年劇可悲孤臣敢死力難支中原已入亡秦鹿南徼如何拒佛狸
水德方開胡虜運人心空念漢官儀海潮磨洗無塵日誰護遺民血淚碑

元旦試筆 以下辛卯

大道從來徼且希自羈自笑孰知幾新年未免添新夢舊我何妨著舊衣
氣象紛拏看世變龍蛇發動待天機春寒料峭無多日珍重初心莫使違

新年書感 四首

徙倚河干入骨寒小樓深坐興闌珊歌喧援下竽方濫枕落邯鄲夢未安

得意文章勞狗監爭雄心力聽羊信誅秦美漢都無術誅文窮人苦笑看
室暖宵深夢未酣倦游何幸憶江南憂生憤世無謂逐利求名七不堪
赤手自知難搏虎春心誰惜久眠蠶冥冥若有天人語獨向西窗仔細參
蝸居長日付瞢騰夢到瓊樓第幾層內熱升來狂勝火時文擬罷冷於冰
浪遊小杜生偏拙久別阿蒙學未登回也瞀哉賜猶可人前我愧道師承
試筆油然念我師人間是處證菩提 三千弟子隨宗匠九十風神過健兒
世態如今知不可初心依舊勉而爲學文浪說妨求道誰會拈花帶笑時

偶作

末法何從悟心同未死灰逍遙曾志道慷慨又生哀長任夢中夢難能
材不材紅塵迷五色天眼幾時開

感事

辛卯七月作 四首

輕車馳入不歸鄉死慘生悲舉國狂欺世有方徒掩耳避秦無路暫翻牆

天心久默須藏怨火德垂終已履霜內熱潮來誰可解七哀吟罷又茫茫

萬方多難未興邦一讀新聞一斷腸幾輩丧心過碩鼠百官率獸甚豺狼

罪言那敵消聲器巧辯如從發令鎗不會全人緘口法途窮日暮且佯狂

九老香山漫自誇閑門猶是大中華纖兒已撞家居壞鐵腕還張錦幕遮

豈必黃天逢甲子會看赤帝化蟲沙官人好自求多福民氣如今過怒蛙

連番風雨黯神州如此江山滿目愁胡帝胡天人共醉旋溫旋冷我隨流

良民此日饒開眼烈士當年早斷頭慚愧書生能忍恥有心無膽復無謀

五月四日作

以下壬辰

汪先生誕辰今歲適逢天變

年年今日總無聊閉户高眠夢亦遙挾雨風雲陰不定積胸冰炭飽難消

天人有策誠何望犬馬無心只自驕猶憶當時南海上一聲啼哭動層霄

新新即日舊河山國運興衰看少年薪盡何曾傳後死肝腸猶幸托遺篇

千秋大義思毛序一字微言愧鄭箋

時方注雙照樓詩詞稿得余英時先生首肯作序

又是淒其風雨

夜小樓耿耿不成眠

夜夢余英時先生起作

居然一夢接天涯風顏初償信孔嘉偉論早聞醐灌頂私懷今望筆生花千秋問史心同感陳寅恪先生卒昌詩句云千秋讀史心難問一局收枰勝屬誰萬里成名事可嗟豈必故園能立命此身安處即中華

五臺山普壽寺禮佛夜歸有作是日閏四月佛誕

火宅牢籠久清涼那得來入山如出世問道勝消災業重留三界緣殊到五臺天人遠感應龍象近追陪僻殿風穿袖幽階石掩苔妙音吟處

起明鏡望中開彼岸舟呼渡前身夢見猜微生羅衆苦末法剩奇哀大智憑空悟迷津徹底回魔從燈下滅蓮向佛旁栽慧眼真無漏禪心定不灰拈花誰共我一笑更低徊

讀青萍詞 以下癸巳

陽羨風流有夙因雄才委屈作詞人青萍劍氣憑誰掩綠綺琴心好自珍功罪盡隨王與寇河山頻換主耶賓將軍去後江潭冷柳老天涯幾度春

赴京值霧霾偶感 二首

天眼昏昏久不開浮雲蔽日信難排紅塵滾滾長安市困守蓬廬筆活埋

天道無親自可哀一般芻狗過生涯白頭有藥從教染公道而今數霧羅

自讖 二首

大塊成文已自多其如天地不仁何憂生敢笑才妨命憤世真疑道勝魔

少有心齋難坐忘未能身殉但行歌長安市上人如海那得相逢春夢婆

重重苦海滯狂波問渡無方可奈何恩意從頭翻作怨禪心到底欲生魔

難返上士中斷甚枉讀南華內熱多宿業已知消未晚拼將百劫任婆娑

讀南明史 三首

太息朱明三百秋乾坤又見海橫流亡羊已恨牢難補養虎猶思皮可謀

亂世士民真共死偏安將相豈同仇秣陵王氣終消歇天命而今兆建州

勝敗徒爭一局棋千秋無奈黨人碑忠生肘腋平無望變起關山應已遲

局促偏能爭擁戴蜩螗終未釋猜疑家居大好誣撞壞闖豎清流兩不知

天道微茫山日知興亡有數到無遲匹夫賤處標奇節君子何從乞義師

薙髮不妨當賤命埋名未許試鴻詞黃書空自成心史山後休論夏變夷

感懷 以下甲午 三首

百年猶剩四之三往事如今未許探棋局翻新嚴劫殺人心趨利務饕貪

豐碑立處千秋碧野史焚餘十日談極目塵羅皆八表復興春夢尚沉酣

末法真從徹底哀人心隨溷洗難回國魂未表宜中落士氣頹摧已半灰

不盡雛蟲爭樹立無多龍象失追陪娑婆大地沉淪日待看黃天另眼開

孟夏如何賦大招一篇心史記當朝全民搶攘形孤憤滿眼繁華助寂寥

念轉自斷根不淨經疏相戒路方達楞嚴若得功成法誰復年年肯續貂

甲午盛夏朝峨眉

長驅迤邐入三巴天府佳名豈浪誇暫得樂山兼樂水會須餐饌更餐霞

新知如故情何切（得本家汪洄君殷勤接待）蜀道云難興未賒換著緇衣明遠志編彙遺

跡訪洪崖麻鞋初踏身尤健竹杖親扶趣益嘉消夏涼風吹獵獵洗塵

時雨灑岩岩龍潭直渡繩橋闖蘭若旁通石棧斜無始劫來生寶樹不經

意處放奇葩山開一線憑神斧經轉千回走怪蛇隔澗騰猿真地主在林啼

鳥比頻伽清音洗耳山僧磬殊味當唇野店瓜古洞齋心思隱士寒溪濯足

近仙家便登弱水回頭岸已見恒河到底沙天半飛車旁接引雲中辟路有攀

爬高臺眼外看明滅積霧身傍幻過遐寶頂流光金約略煙巒沐日翠交

加望峰能即心隨息向佛如歸思不邪聖地莊嚴鑄香象福田清淨種

蓮華願行廣大施援手覺海宏深導後槎最是人間善男子幾番低

首搭身崖

金頂雨中禮拜十方普賢

禮拜空王我所期，十方菩薩為加持（金頂供十方普賢金身巨像）。紅塵百丈憑消洗，舊夢三生若感知。了盡凡心求正覺，叩開天眼救狂迷（時於十方普賢座下行大禮拜）。有情多謝能隨喜，寶傘恩蔭助出離（時有遊客為掌傘遮護）。

遙拜五臺夢參長老

閻浮到處作生涯，火宅能安長者車。十地三乘來善果，百年一夢付空花。有情身化芬陀利，無垢心傳阿賴耶。但得隨緣諸事了，靈山深處是吾家。

卅九初度 二首

末法因緣到底虛，中年結習待根除。曾迷宿障三生業，漸少風懷兩地書。志道仍希吾與點，臨淵終羨子非魚。滔滔此世誰能免，自色觀空證六如。

中年消息苦為情，流轉娑婆百未成。萬卷苦難求不惑，三心容易墮無明。肉身久困醒如夢，天眼旁觀死即生。那得維摩淨塵垢，在家卻勝出家清。

甲午中秋寫懷 三首

長空大鏡又新磨，頓覺清光此夜多。人境不喧風駘蕩，天香如動影婆娑。蟾宮寂寞誰同舞，蝸室逍遙我自歌。想見西園正歡會，持螯圍坐一家和。

風物潛移異去年，歸來人月喜雙圓。飄金到粟甘同夢，種玉成田待比肩

願得一心長繾綣何須千里共嬋娟青天碧海淒涼甚別有溫存不羨仙
良宵如此豈空過白露將零感慨多落落胸懷誰慰藉堂堂歲月自蹉跎
酸吟手腕生花筆吉夢心雄挽日戈瞻望秋光猶大好莫教精力付摩羅

賀迦陵師九旬壽誕

人境藏書舍高樓辟講筵何時來海客此地有詞仙論學參西哲持身象古賢
金針隨手度家法用心傳指點廓迷霧神遊入太玄妙音除俗諦
迦陵頻迦又譯作妙音鳥
大力破狂禪閱歲盟三友弘文任一肩九如希白叟千葉證青蓮樂道成孤
經營生笑十全小休曾未賦知我者其天

催妝詩 二首

有思卻無邪幽懷掩素紗衣更心撞鹿妝定臉飛霞莫逗含羞草偏憐
解語花
內子專攻語言學故以寵之
三生金石約風雨為卿遮
車過七香加妝成八寶華半嬌仍半喜宜室復宜家惜福居誠易齊心夢
不奢
易夢分嵌吾二人之名
相扶還有願添個小辛巴
辛巴為電影獅子王之主角吾二人皆獅子座故云

山海關外一片石戰場懷古 三首

以下乙未

長夏思逃城內村呼朋邀還出關門當年當地成屠市山水山山留戰痕
故主已崩難盡節美人猶是肯忘恩圓圓一曲餘音在四眼書生莫妄論

一朝王氣在東南，山日銷沉劇不堪。絕地更誰猶虎踞，同時虜賊儘狼貪。
封侯夢繞平西墳，向佛心歸歷劫參。名將美人休告老，好留豔事又奇談。

東臨北海戴河灣，塞外長城亟往還（地名九門口，近東戴河）。一片石頭存舊壘，九重門戶認雄關。將軍去後風雲淡，游侶來時山水閑。且自簪花斜著帽，不辭白髮映紅顏（偕內人偕岳丈母及友人等自駕游，途中購村民自編花帽數頂）。

碣石懷古

淩波觀北海，橫槊望中原。闕壯長城首，辭雄碣石門（始皇東巡至山，刻碣石門辭）。秦皇宮已沒（海濱尚有碣石宮遺址），魏武詠猶存。負手登臨處，遊心欲忘言。

中秋夜奉師召得賜餅歸途口占

良宵誰分作離人，月亦多情暫隱身。歸遣細君何物好，先生賜餅不知仁。

汪先生忌辰漫作　四首

濁世無邊毒已深，高情誰解眾生心。捨身難飽人間虎，銜石空勞海上禽。肯與波旬同墮落，河堤撒旦復登臨。百年一醉今猶夢，燭夜明珠到底沉。

讀史元知黑幕深，洶洶萬喙盡誅心。課生可惜身為累，避席休嫌力不任。小智儘能分寵辱，大行須要辨人禽。滄桑劫後梅花豔，鐘彝觀瞻耐探尋。

吐納寒霾坐夜深，蒼茫無處問天心。大星久落添追思，微意猶長付苦吟。

漫道春秋成定案，不妨文字有餘音。拙註雙照樓詩詞稿已印四版遺編全璧知何日，我愧勞勞直到今。

青史宜從冷眼看，是空是假且中觀。觀梅軒外花開未，銀錠橋頭水自寒。

民國詩詞作法叢書編竣題辭 二首

邇來國粹漸低迷，有客諄諄强論詩。斯世斯文已中落，此心此力尚相持。

金針倘度差堪慰，玉尺能量未可期。一語辛酸聊自解，人之患在好為師。

風雅何年掃地無，直將求禮到村夫。紛紛名士傳家法，處處淫祠祀野狐。

持戒未能消語業，乘桴焉用問歸途。江湖定有詩人在，一片韓陵石不孤。

春愁 以下丙申

周遭風雨又憑陵，大地猶寒未破冰。敢望西神重盗火，須知古佛早燃燈。

燎原幾有春來草，傳法誰依覺後僧。成住壞空君莫問，偏多迷夢動中興。

詠史 二首

浩氣人間養未盈，功成往往笑仁成。二桃盡殺齊三士，五鼎難招魯兩生。

不過江東思項羽，終離海上哭田橫。西山風物今非昔，薇蕨堆盤勝太羹。

宮闕咸陽氣自豪，金人十二入雲高。腹非那見千夫指，耳擇誰聞三戶謠。

河決終防徒致鯀，天傾欲補亟擒鼇。敲鍋鋸箭尋常事，大道亡羊豈在牢。

沒名堂存稿跋

詩者文字之藝術也而其道允兼天人蓋天者天賦即先天之詩心也其要在善感人者人工即後天之学問也其要在善思而世之論者每以唐宋為左右袒曩者初涉吟詠或有謂余汝宗唐乎抑学宋乎余茫然未有以應蓋其時混沌未鑿不過從心而發東塗西抹實未生此一念也後聞邵子湘云詩之不得不趨於宋勢也竊意自先秦漢魏以降古風漸寢至宋而其變已窮世味愈下天機愈泯乃更以学問充實之今者詩教久衰漢也魏也唐也宋也非余所敢妄附惟学無所得詩豈能通則余所深自戒慎者

猶憶初謁迦陵先生於南開園先生循循問余之家学及師承余赧然無以對蓋余一野狐耳業道心切而未親正法及忝列門牆乃聞興發感動之大旨更於濡染之間漸開手眼顧視少作愧汗無已遂舉而焚之其後下筆稍矜持存稿亦漸豐而友生如王君熊君者非惟不以措大酸文而嗤之復愛我助我以成此帙感激之意曷可勝言殆亦詩運未絕而同道不孤歟

顧時當末法百善難修屠龍之餘技雕蟲之壯夫不亦可哀乎若夫小有才而自恃宜其蹈盆成氏之覆轍也余固輕狂亦自知如迦陵師沁齋公之遽加青眼

山河大地重規畫

造物何心偏有暇，遊戲壺天外看人耍。偌大排場爭上下，青山青史誰眞假。莫話千秋王與霸，跛尾曾瞞也被狂生罵。以死嚼民民不怕，玄黃會戰如群架。

浣溪沙 夢後作 壬辰

彼岸香花看不真，茫茫何處渡迷津，還還隔水問天人。了了了因如昨夢，明明明月是前身，三生消息一時聞。

借陳曾壽臨江仙句

鷓鴣天 癸巳

渺渺前塵那可尋，三生因果去來今。無邊風月都成債，未了恩仇總在心。春夢破，曉寒侵，萬般消受抱孤吟。何當懺盡繁華業，吞得鳩摩一缽針。

西江月 甲午冬日武漢東湖賓館泛舸

迤邐行舟欲穩，空濛望眼都迷。穿林時有好風吹，嗅得梅花香未。草沒英雄別館，人留天寶談資。館中尚存毛鄧諸公舊居 野鳧呼趁日斜歸，閒卻一池寒水。

西江月 偕內子武漢江灘漫步

雲鶴何年重到，樓臺幾度新塗。河山無恙逆今吾，吾更攜來仙侶。

人間歧路條條陷煩惱林中幾多迷怫
山下紅塵滾滾住清涼境裏正好修行

清淨誰知塵垢三薰三沐後
安寧何在心猿七縱七擒時

為杜甫誕生千三百年作　壬辰

於秦於蜀於湘君子固窮落落文名垂萬古
曰聖曰仙曰佛天才絕代泱泱詩國演三分

自撰婚聯　甲午

沒名堂存稿

我有嘉賓載言載笑
斯為陋宅以雅以南　大門

志道立心惟精惟一
添香解字允德允才　書房

迦陵師九秩華誕賀聯　乙未

識通阿賴耶天眼有徵非佞佛
神往藐姑射道心無律只尊儒

歌不輟然逝者之難回冀來人之可造於是聚眾談天思齊稷下開壇說法
竊比祇園書既藏之茲所公器同觀學則傳之其人夙心切望狂簡諸生自
爲修文遊藝靈光一老相期志道依仁青衿學子終從北海論經白髮詞
仙樂共西園秉燭更有鴻儒雅集舊雨清談高軒之過後輩之參三經通
人境之廬十哲出杏壇之教發潛德之幽先蓮開九品繼往聖之絕學功
望千秋信斯文之在邇願他日之非遥乃祝曰
壁矣南開猗歟東觀妙法西來文昌北現詩本二周經傳兩漢古典重光新
知博貫以鑄以陶龍驤豹變月異日新止於至善賢主謙謙嘉賓晏晏君

子萬年如天行健

迦陵師八秩華誕賀聯　甲申

閒衣鉢初承南下西游四海弘文曾倦否
看菩提已證東還北往一燈傳法總欣然

謁江門陳白沙先生紀念館　庚寅

嶺外儒宗學立江門一派
天南詩老名垂海曲千秋

為五邑山樓聯　辛卯

亦與世推移非可一概而論之今者南開大學為葉嘉瑩先生營築學舍自動議以迄落成建功甚速亦三才和諧之善果也其所謂天時者值此中華文化復興之日也地利者先生卜居南開已三十餘年久有歸根之念也人和者則謂先生以其學問人格之魅力得道多助也

先生常謂以無生之覺悟為有生之事業每思盡瘁於講堂未肯終身於脩室其卓行偉願固已廣為人知今先生以九秩之壽猶矍鑠似神仙中人望之如南山獨立之松風骨巖巖聆之若西土妙音之鳥談辭娓娓見其人聽其講知其事者莫不傾服敬慕故聞先生有定居之意自政府以至學校皆極表支持而南開大學鎮冀諸公促成之力尤多至若老友如溫城之劉和人女士澳門之沈秉和先生等更慷慨解囊以助（各捐百萬鉅資）其他社會賢達因一面之雅而奔走贊襄者不可勝計故積諸方之合力事遂允諧

乃於南開園東門左近辟地數弓構廈數椽植竹數叢更深其院曲其廊而榜其門曰迦陵學舍其名也非關陽羨陳髯其實也略似扶風馬帳其地也春則海棠異色西府移栽（恭王府為先生昔年就讀之輔仁大學女校所在迨學舍建成恭王府遂以名種海棠兩株相贈）夏則菡萏奇香北窗吹送（學舍北望荷塘即南開大學之馬蹄湖也）倚杖聆風樹掩二分明月圍爐賞雪池凝一寸冰心居近山陽之宅向賦時吟（學舍西鄰陳省身先生故居寧園）門鄰幼稚之園童

沒名堂存稿卷四

葉嘉瑩先生九旬壽誕暨中華詩教國際學術研討會賀啓 癸巳

敬啓者　明歲公曆五月十日爲迦陵先生九旬華誕之慶又值先生返國安居迦陵學舍亦將落成星明南極殿耀靈光學府開壇椿年遐願是可謂難雙之喜矣竊惟先生四海弘文歷多艱而未挫一燈傳道持弱德以相成秉無生之澈悟知其不可而爲兼有待之深衷盡我所能以對桃李不言春風自化文章早立心印相傳而居甘淡泊向無榮寵之思用忘鋪張豈有招邀之念然稱觴爲福洵爲古制之遺祝嘏媛華國是綏生之分因籌盛會用表寸心高新舊兩何妨同氣以嚶鳴私淑及門自應聞聲而羽翼首夏清和仰參北斗名園鬱秀雅集南開華風人於一地壽君子以萬年當酒將陳佳期在望青青子佩渺渺千懷惟願斯文相感再續蘭亭待看諸子爭鳴何翰援下倘寄鴻篇以遙賀雖其嘉矣或縮遠道而親來不亦樂乎

迦陵學舍題記 乙未

昔孟子有天時地利人和之論而人和尤爲可貴然則天地人者果何謂也蓋

放眼晴川滄滄同心徽意匠匠臨流弄影柳觀魚咫尺大江東去

思佳客

中秋漫興　乙未

換著單衣未覺寒城郊小徑勝桃源成心柿子爭垂果無賴猧兒泥逕彎

秋作半夢初圓團欒今夕祝平安舉頭明月真非昔不負伊人共比肩

小院秋深綠未凋天公偏愛此清宵盈盈月上光初滿累累匏懸子尚嬌

黃季剛浣溪沙詞有「臨砌愛看花結子捲簾喜近燕將雛」始知春晚勝春初之句蓋新得愛女也遂有意擬之

持半餅就雙螯酸鹹滋味手親調年來識得閒中好靜把茶甌興亦高

附記

業師迦陵先生以詞學著聲天下余侍先生已十餘載於長短句獨未有寸進良可咨嗟蓋亦天賦不足非強求可得也曩者沁齋陳公偶見余之小詞殷殷以少作不作為誡余深自愧服歎為知言今乃選而刊之自暴其醜非不知恥也聊備一體並志吾衷而已

不盡書生身價戰歐潮挾輪風雅璧箋鐵筆古懸新恨疾書閒寫士氣摧殘騷壇零落山才今寡欲高懸象像時時展拜倩何人畫

浣溪沙

庚寅仲春新會作

嶺外薰風早送春南天花雨看繽紛高情東道忙東君 四海騷人臨山會 時中華詩教学會成立 千秋詩教感斯文一杯誰醉杏花村 席上陳杏花村酒

水龍吟

崖山市古戰場

戰場依舊腥風嶺南痛史今登覽崖山鬼哭海門潮湧恍然猶感鐵馬衝關樓船斷鎖水驚雲慘念哀兵死志負隅心力興亡恨歸銷黯那有倚天長劍剩孤臣盡拋肝膽田橫壯士魯連高義千秋光焰三尺之孫一抔無土怨魂難造問何人到山將胡滅漢漢張弘範 弘範非宋人乃漢人也

清平樂

夢後作 以下辛卯

夢中人遠最是良宵短風入南窗舒倦眼明月天心圓滿 揭來何處遊仙芒鞋踏遍名山待訪武陵蹤跡溫柔不許鬧船

蝶戀花

辛卯七月作

暫別書城新浴罷沉李浮瓜盤供堪消夏熱點頭條真共假紛紛驚動朝和野 巨手遮天天不怕一怒難回再造雷霆下掃蕩幺麼如打靶

沒名堂存稿卷三

菩薩蠻 擬踏青未果 癸未

一年好處今方見春心欲動身偏懶花發小園香風輕軟夢長 芳郊須踏遍那怕歸來晚快事莫蹉跎韶光轉眼過

蝶戀花 甲申

窈窕吳娃年二九何事傷情杜宇聲中瘦鎮日山眉如水皺春眠懶起愁阿母 情與金釵偏學繡人惱香羅著意清清畫一對鴛鴦嫌未够添雙蝴蝶花間逗 夢中得上闋之半醒為足成

鷓鴣天 送鍾錦師兄之滬 丙戌

廿載長安頗蟄居 師兄西安人 靈修天末每愁予東來盛氣曾平否南下宏圖得展無 三寸舌五車書淞濱誰與共觀魚還知髯影衣香裏敵手莊生道不孤 師兄與夫人皆精哲學

水龍吟 南社百年紀念 己丑

百年簫劍無雙定公而後知誰省丹心俠骨經文緯武共推南社絕域招邀中原奔走術傳王霸論封侯骨相淩煙塵次聲名在傾朝野

[illegible]

大清 [illegible]

[illegible]

非以余有過人之材實以詩道陵夷已極而鄙陋如余者尚可數耳然則前輩之提攜與厚望又焉敢不表而出之

至於詩能窮人固已早成習語然詩亦嫌貧又何嘗有負於寒士哉余少時了了凡琴棋書畫之屬皆嘗措意而終未有成人或問焉子獨鍾情於詩乎余但笑曰惟學詩不費一錢耳掩卷默然謹贅數言以謝師友兼以謝詩云爾